阿賀野川

歌集

花風

高橋節子

文芸社

はじめに――夫の死と私の短歌

夫の死

平成五年五月五日、深夜ただならぬ夫の呻き声で目を醒ました私に、夫は腹部の激痛を訴えました。高熱もあり、急遽救急車を呼び、新潟市民病院へ行き、そのまま入院しました。

二か月ほどの治療・検査の結果、総胆管に大きな石があり、癌も疑われると言われました。抗生剤もだんだん効かなくなり、結局、手術をせざるを得なくなりました。八月二十七日午前九時ごろ、仮麻酔をした夫の乗ったストレッチャーを押す看護婦さんと一緒に、手術室まで私も送ってゆきました。

ところが十二時ごろ手術室に呼ばれ、開腹の結果、総胆管の石だけでなく、その部分が全部癌であること、膵臓にもすでに転移していることを告げられました。総胆管と胆嚢を全摘、膵臓・十二指腸・胃をそれぞれ二分の一切除という手術の変更を説明され、それで生きられるのならばと、私は手術の変更の承諾書を書きました。

主人が、手術を終えて病室に戻って来たのは午後七時を過ぎていました。病名は膵胆管癌でした。

病名を、医師も私も本人に告知せず、手術後いろいろな経過をたどり、十月末ごろ退院しました。


帰宅後、腫れ物に触るような日々でしたが、ひとまず生きられたことにホッと致しておりました。思えば二人にとって、この世で最後の尊い三か月の家庭生活でした。しかし、大手術後、著しく体力の低下している時期に雪国の冬です。かなり雪の多い年でした。

定期的に通院はしていましたが、十二月の中ごろから少し咳が出たり、微熱があったり、案じていましたが二月四日急変し、再び入院致しました。

レントゲン撮影で、右肺に水が五千ccも溜まっているとのこと。胸水を検査した結果、癌性胸膜炎と分かりました。七日間かけて水を抜き取り、肺に薬を入れ、その後抜糸をしたのは二月二十二日でした。

治療を終え痛々しいまでに衰弱した夫は、「僕の人生もこれで終わりだな」と弱々しい声で呟きました。窓外の雪を見つめる目は寂寥に充ちておりました。

医師は、「もう余命は僅かしかない、終末期を少しでも自宅で暮らせるように……」と、リハビリを始めてくださいました。病棟の廊下を伝い歩きしながら「今度退院して家に帰ったら、二人で老後を楽しもう」と言ってくれました。

しかしそれも束の間、三月一日に良いほうの左肺が肺炎となり、病状は日に日に悪化をたどり、遂に、平成六年三月十二日午後三時三十九分、夫は永遠に帰らぬ人となりました。はらはらと風花の舞う凍てつくように寒い日に……。

享年七十二歳でした。

三月十三日通夜、十四日葬儀という目まぐるしい中、私はあたかも夫と同じ死の世界にさまようような虚ろな、ただ呆然とした感じで、悲しみに浸る余裕などありませんでした。

加えて、半年前から全国規模で開催されていた「宮城道雄生誕百年記念演奏会」

が、新潟市も開催地となっており、責任ある立場（宮城会北陸支部新潟県地区長）にある私は、その辛い時期ながら何とか皆様のお陰で盛会裡に成し遂げることができました。演奏会は三月二十一日、春分の日でした。

いろいろのことが終わって本当に一人になったとき、初めて深い悲しみが襲ってきました。彼がどんなに優しい人であったか、自分はどんなに幸せだったか、大切な人を失って孤独と向き合ったとき、忽然と心の傷は深くなってゆきました。私たちには子供がなく、彼がたった一人の家族でしたのに……。

夫は、後年私の職業となった箏曲教授や演奏活動などに温かい理解と、惜しみない協力をしてくれました。自らも琴古流尺八師範の職格を持っておりました。警察官だった夫は転勤のたびに単身赴任し、一緒に任地に行くと言う私に、「自分のところには週三日、来てくれればよい、夫の犠牲になどならないで自分の世界を大切にするように」と諭してもくれました。

そのような夫に先立たれ、独りぼっちになってしばらくはほとんど夜も眠れず、来る日も来る日も夫の遺品を手にし、悲しみのどん底に落ちてゆきました。

私の短歌

ある時、何気なく整理していた書棚の中に、大野誠夫・馬場あき子・佐佐木幸綱編による有斐閣の『短歌のすすめ――現代に生きる不滅の民衆詩』、講談社の『昭和萬葉集・巻六』、次田真幸による清水書院の『萬葉集評釈』という本がありました。開いてみると傍らに朱線あり、抜粋あり、扉に彼の作と思われる歌も書いてありました。私は旧制高等女学校時代に「若山牧水」「石川啄木」など、好んで読み諳んじて楽しんだ歌も数多くありました。

そうだ！　この今の気持ちを短歌にしてみよう。自分はこの先どういう生き方をし、どう人生を終えるのか、四十七年を共にした夫との思い出を……。答えぬ人に語りかけ、心のままを短歌にしてみようと思い立ちました。

夫は退職後、趣味だった絵画を、ＮＨＫ学園の講座で勉強したころもありましたので、私もＮＨＫ学園の短歌講座に入ることにしました。夫の導きで受講したと感謝しております。

平成六年十月、夫の納骨を機に、短歌入門六か月、その後実作二年を経て友の会に入れていただき「彩歌」に投稿するようになりました。実作時代、コンクールに秀作一首。友の会に入った年の平成十年度NHK学園全国短歌大会で、石田比呂志先生選で秀作を一首とっていただき、他に佳作入選も一首ありました。また、平成十一年度の同大会で、近藤芳美先生選で秀作をとっていただきました。

「彩歌」への掲載は四首あったり二首だったり三首だったりですが、そんなことに一喜一憂することなく、こつこつと勉強してゆこうと思っています。

終戦後のきびしい時代に結ばれ四十七年、人生の苦楽を共にした伴侶である夫は、私の命のある限り私の記憶のなかで生き続けています。

彼が生前何よりも大切に思ってくれた私の箏曲の道を、これからもひたすら精進し、また心のなかの夫に語る言葉を短歌に綴りながら、ささやかでも自分なりの誇れる足跡をこの世に残してゆきたいと希っています。

目次

口絵・扉絵　夫　高橋英和画
題字・扉写真　高橋節子

咲花（五泉市）

永久の別れ

亡骸となりたる夫の白き髪吾が手に梳けば仄かに匂いき

はらはらと風花の舞う白き空夫は逝きたり春となりしを

手術せば存らえ得るとの医師の手に夫はあまたの臓器失いき

開腹後手術変更承諾書やむなく書きし吾が手ふるえり

看護婦に付き添われ出でし手術室そのあとの記憶吾にあらざり

看取り終え心のこして帰るとき握りし夫の萎えし掌のひら

病棟の長き廊下をつたいゆきリハビリに励みし夫にてありき

降りしきる雪を見つめて吐くごとく「もう生きられぬ」と夫は嘆きつ

終近し泊りて看取れば輝きし歓喜に満ちし夫の笑顔よ

吾《あ》に近く枕よせにき久びさに共にせし夜の終焉の夫

頷けば心かよえり無言なる酸素マスクの夫との語らい

「ありがとう」別れなるらむ更くる夜に夫はしずかに吾が掌をとりし

掌をとりて終の別れを告げあいき風花の舞う夜半にてありき

カテーテル抜きたる時にみひらきし眼は閉ずるなく夫は逝きたり

みひらきし夫がまなぶた悲しみて撫ずるが如く吾は閉じにき

平安に満ちたる夫の逝きし顔頬をよすればすでに冷たし

息絶えて冷たくなりし君が掌を吾は組みやるその胸の上

今逝きしばかりの夫は屍の室にまつられたりき眠るが如くに

なきがらの夫をまもりて帰るときナース深ぶかと礼してくれにき

いくたびか「退院したら」と言いし夫遺体となりて帰り来たりぬ

病院の裏口を出で黄昏に吾が家に着きし夫のなきがら

みちびかれ遺族焼香われひとり昨夜《きぞ》手をとりし君棺のなか

茫然と孤独のなかに吾は居つ逝きたる夫と異界さまよいて

なきがらの明日はみ骨となる夫とうつろに迫る通夜のしずもり

手術などせるもせざるも定まりし夫の余命は半年なりしに
吾《あ》のとがや手術せざればいくばくか存らえ得しかと思う日のあり

身より出でし巨き胆石拳銃の弾丸《たま》の如しと驚きし夫

拳銃の教官たりし夫なれば結石《いし》を弾丸《たま》とはむべむべなりき

真実《まこと》なる病名告知なきままに胆石のみを見せられし夫

待ち侘びし姪帰国せりうすれゆく意識のなかに夫うなずきつ

息絶えし伯父呼ぶ姪のいたましきとどくことなき声の哀《かな》しさ

奇蹟など起ることなく夫逝きぬ医師の宣告うつろに谺す

さむざむと遺体を抱き帰り来ぬ病理解剖吾ことわりて

妻の背を哀れと泪せし夫とのちに聞きけり付添婦より

雪の菅名岳

墓

しぐれ来ぬ夫に手向けし白菊も墓石も吾もひとつ傘なり

訪れし夫の墓辺に霰降る濡れし墓石に音たてて降る

別路《わかれじ》に吾が髪添えて新らしき墓に納めし夫のみ骨を

墓石に刻みし文字は「花風」に君は風なりわれ花ならむ

ふり返りふり返り去る墓の辺を土にかえしし夫を遺して

納骨終え仏間に夫のみ骨なく寂《しず》かなる安堵吾《あ》をつつみけり

はつ夏の風さわやかに頰にふれ夫の墓前に時ながく居つ

読経する若き僧侶の墨染の薄き衣に風通うなり

迎え盆墓苑に近き川はらに五位鷺一羽誰を待つのか

新秋の夫の墓の辺しみじみと箏の録音流れゆきけり

吾が弾きし箏の音流るる墓の辺に君のぼり来よ黄泉平坂《よもつひらさか》

月づきを欠かすことなき命日に訪う墓に夫はも待ちけむ

ひたすらに念誦来りし二千日房切れし数珠はらはらと散る

漸くに諳んじ誦し得り五つとせを唱え続けし般若心経

一切は空なり無我なり声明《しょうみょう》は無上正覚《むじょうしょうがく》吾《あ》を諭しゆく

吾亦紅・芒・竜胆・杜鵑草墓に手向けし「秋風の曲」

すさまじき火炎《ほむら》となりし香煙の雪払いゆく如月の墓

花風なる墓に眠れる君はいま二王子の嶺に遊びいるかも

夫眠る太夫浜なる霊苑はかすか汐の香風に乗り来る

わだつみの潮の香風に匂い来る夫眠る墓浜近きところ

墓碑名の文字にたまりし砂埃吾が指さきで飽かず浄めき

刻まれし夫の享年われよりも若くなりしと墓石撫ずる

いずくより何処にゆくや寂《しず》かなる墓苑の空の飛行雲白し

亡き夫の今日誕生日初咲きのシンビジュウム赤きを手向く

しずかなる寂寥寒し五千余の魂魄眠る夜の霊苑

かすかなる足音てらすともしびにおぼろに浮かぶ夫の石碑《いしぶみ》

たち昇る白煙ゆらぎ白檀の香《こう》は暗夜にただよいゆけり

満天の星に照らされ君はいまひとり眠るか寒夜の墓処

こぞの師走ゆきて詣でし夫の墓踏むひともなき雪積みおらむ

いつしかも寂《しず》かに秋の深まりて墓苑にほほけし尾花の揺るる

夫眠る墓石撫でて浄む水わが掌のひらもいやしゆくなり

かじかみしわが掌に洗う墓石の淡き水雪やさしかりけり

霊苑の水辺に動かぬ五位の鷺われ近づけば墓石に乗りぬ

吹く風にひとひら舞いゆくコスモスの夫の墓辺の秋わたるなり

音高く空を越え来し飛行機を夫の墓辺に供花と見送る

祥月のたち日なり今日雪の上夫のおくつき訪う足のあと

久びさに墓を訪うれば去年《こぞ》の花雪をかぶりて白き花咲く

九年《とせ》経ぬ月毎の墓参いつよりかひと月おきになりしさびしさ

芽吹きの前のブナ林

追　慕

黄ばみたる亡き夫の枕陽に干せば四とせを越えて匂い立ちにき

遺されし夫の桐下駄吾が足に履きて歩めば歯の音軽《かろ》し

吾《あ》の弾きし箏の録音病床に目をとじ聞きいし人ぞ恋しき

音《ね》を絶えし夫の遺しし尺八に吾が指添えて息吹きてみつ

君が香を仄かに残し傍《かたわら》のベッドは今もありし日のまま

冬の夜の鮟鱇鍋をよろこびて静かに酔いし夫にてありき

遺されし夫の山靴仄かなる革の匂いすよく磨かれて

山靴の足どり軽く帰り来て山菜とり出す夫にてありき

亡き夫の手袋にわが手を入れて巨いなる掌をかざして見たり

モノクロのアルバムに杳く若かりし亡き夫は眩しく輝やきていつ

手を触れるのみでやすらぎし夜もありき傍《かた》えに今は夫なきベッド

遺されし夫の自転車よく磨き空気入れ来ぬ吾が手に曳きて

君が手に馴染みし杖の傍に主なきパナマ帽ひそかに置けり

今年また亡き夫に宛てて届きたる赤倉のホテルより夏への招きが

妙高の山を仰ぎて松虫草揺れ咲く丘に夫と楽しみき

ホテルより山裾望み森や湖スケッチに耽りし夫にてありき

淡彩のにじみやさしき亡き夫の描きし埴輪は一絃琴弾く

和琴《わごん》弾く埴輪を描きし君が絵の埴輪の顔の吾に似たりき

夢に見し君は語らずおぼろなるうしろ姿は霧に消えゆく

亡き夫の佇みている夢のなか近づきゆけば不意にし消えぬ

音もなく扉のあきて傍のベッドに消えし夢の亡き夫

此岸より見送る吾に手を振りて自転車遠く去りゆきし夢

賜わりし死亡叙勲の勲章を仰ぎて遺影の胸におきみつ

遺されし夫の羽織の衿先に白髪ひとすじ光りてありき

浅葱《あさつき》の匂い仄かに頬染めてしずかに酔いし夫にてありき

まどろみし午睡ひとときき亡き夫のベッドは仄かに残る匂いか

わが胸の夫を偲べばおだやかな春風の如き笑顔浮び来

いくたびぞ展き見しかなアルバムを夜更けて夫の俤恋うる

声にして泣きてもみたり癒さるることはなけれど心澄みゆく

臓とりて夫は命を生き得しと平癒願いて初詣でしき

神殿を拝しし夫のうすき肩杖をたよりて傾き佇てり

かくされし大病あるは知りいしやカメラに向いVサインせし夫

外泊に帰りし吾が家にくつろげど手術の前のかりそめの憩い

存らえて帰ることなき家を出ず三たびの入院春立つ日なりし

しずかなる声の夫なりき吾《あ》と語りしその声消えしのちの五つとせ

手すり撫で特註の椅子をよろこびし夫を偲びて吾も撫でみつ

入院の朝に脱ぎたる亡き夫のたたまれしままの黄ばみしパジャマ

五つとせを洗わぬパジャマ君が香を惜しみて吾が手に揉みて洗いぬ

蕗のとう食めば偲ばゆ亡き夫のこよなくめでし香りにあれば

仏壇の小さき陶器の骨壺の夫の分骨掌にとりて見つ

幽けくも軋みし夫の骨の音耳の奥処にありて哀しき

手術後に吾が家に過しし三月《みつき》なりき夫により添いし吾が幸せは

妻の帽子

独り居

独り居の寒き心に遠きより夜半渡り来る白鳥の声

冬の日の風なき午後の中空に十二日の月白く浮びき

夕されば入り陽の雲にかがやきて燃ゆるが如き赤き冬の木

花水木の赤き実啄ばみ競いいし二羽の鵯声荒く翔つ

亡き夫と散歩したりし公園にかの日と同じ野の花の咲く

雨に濡れし露はらいしに紫陽花の花の雫に細き蜘蛛居つ

日をひと日ひと日ひと日と越えゆきて常世の野辺に君と逢わなむ

盆なれば帰り来ませよ君を待ち今宵門辺に迎え火を焚く

足音のなき夫を待つ盆の宵庭園灯に葉影ゆらぎつ

一人住む家に帰りて灯りなき扉開くれば寒き足許

帰り来し暗き扉の鍵穴にたまゆら朱き月光とどく

亡き夫の送り盆終りて帰る道わが体よりちから抜けゆく

名月を待ちて佇つとき道の辺に鳴きいし虫の声不意にやむ

白じろと夜空に咲ける花水木逝きたる君を思いいづるも

さみどりの葉にたわむれる蝶のごと花水木の苞白く散り継ぐ

いずかたに君はいるらむありし日にこよなくめでにし花咲きたるに

花水木葉脈つよく若葉萌え風に揺れいき木蔭をなして
来る年のあまたの花芽膨らみて花水木の葉しきり散りゆく

黐の木の二羽の鵯赤き実を嘴《はし》を睦みて啄ばみいたり

久びさに里に帰れば父母《ちちはは》の面影見えて山鳩の啼く

独り居の真夜の廊下の姿見の吾《あ》の寒き顔眉あげて見つ

独り居の寒き心よい寝がたく見覚めし夜半に鳩の啼く声

ひとえなる白き山吹葉のうれに蝶々のごと花風に舞う

雨はれし秋海棠の葉かげより濡れたる蝶が白くとびたつ

椨の木の高き梢に椋鳥はしきり啼きおり友を呼ぶらし

リズムよく耳朶にひびけり春の雨天なる夫の傘の中にて

雨の音聞きつつ歩く春の宵格子模様の亡き夫の傘

春の雲おもく垂れこめ咲きそめし桜の花は眠るが如し

両の掌をひろげて子等は花を追い嬉々と走れり桜並木を

心つよく今日を生くべし化粧する眉はっきりと描きし朝《あした》

この夏の猛暑に耐えし秋海棠今朝細き柄に淡き紅色

三連に五連音にと美《は》しく鳴く虫の音《ね》楽しき秋を夜の庭

黄昏に白き紙片の舞いゆくと見送りにしが蝶々なりき

あかあかと美《は》しく散りにしもみじ葉に今朝白じろと雪のかぶれり

ひとり喰む吾が食卓の侘びしさを遺影の夫が差し向いおり

さむるなと夢に願いき亡き夫と食事とりいしその夢の中

惜しき夢さめてしまいき亡き夫と食卓はさみ向き合いたるに
さめし夢の続きありにき食後には水瓜がよきと夫は望みき

重き雪屋根より落つる音ひびく冷え入る夜半に緊りゆくらし

からからと霰も廂を打ちていつ夜深《よふけ》に寒きわが耳を打つ

冬の木の梢に白き雪の花雨戸開くれば陽に輝きつ

在るはただ仮の姿ぞ生れしよりひと日ひと日は彼岸への旅

久しくも夢に逢うなき亡き夫は振り返るなく黄泉路をゆくや

吹く風に雪吊りの縄ゆらゆらと雪なき松に竪琴のごと

しなやかに雪吊りの縄風に搖れ雪散らしゆく凜々と散らしぬ

楓葉のかさなり茂る葉かげよりかすかに紅き花房垂るる

いつしかに萌え出でしかな鳴子百合葉かげに白き花の俯く

ひとつ咲きまたひとつ咲き秋のバラ終のひとつが紅くほころぶ

藪柑子の赤き実垂るる葉のかげにわれの目窺う飛蝗《バッタ》ひそめり

吹く風に小さき紙片の舞いゆきぬ翅ふるわせし蜆蝶なりき

雁来紅たかだかと活け墓石を洗うわが手に秋陽射しけり

精霊の夫に供養の盆の膳無縁仏の箸も添え置く

五位鷺の白き冠毛かすか搖れ墓苑の杜に佇ちて離れず

墓かげに漸く点火せし線香忽ち白煙われをとり巻く

やみまなくぼた雪積る黐の木の葉かげに二羽の雀より添う

凍てし朝道をおおいし雪の上粉雪のさらに地を掃きて舞う

美食家の夫にてありき夏は香魚《アユ》冬鮟鱇の笑顔浮かび来

静寂をやぶりて電話のベルが呼ぶひと日声なき孤りのわれを

語るなきひと日なりにき空仰ぎ月を拝せば月もひとつぞ

空仰ぎ高きが枝に撒水のたまゆら耀う虹の断片《きれはし》

蕗のとう茹でし湯うすき草の色やさしく春の香りよせくる

胡弓弾く弓毛ふるわせトレモロを波うつ如く糸にのせゆく

新糸《あらいと》の初音は冴えて三弦の「さわり」はりんと棹つたいゆく

三弦を三日弾かねばわが指の糸道消えて冴えぬ音色ぞ

姫沙羅（著者撮影）

花風

あたたかき風に誘われ咲きし花あわれ一夜の花風《はなかぜ》に散る

君なくも又春は来ぬ君めでし花水木咲きぬ白き花咲きぬ

夜の空にしろじろと咲く花水木在りし日君の好みし花よ

白き花風にそよぐか花水木梢ゆらして人呼ぶごとし

美《は》しき日も終りはらはら花水木雨に散りゆくしとと濡れ散る

わが足につきて入り来し花水木の白きひとひらいとしみ拾う

来る年もその花を見む花水木の樹下に佇ちて残生祈れり

亡き夫の誕生花とぞ山吹を一枝手向けり二輪の花咲く

あさみどり葉脈しるき尖端に蝶とまるごと山吹の輝る

吹く風に山吹の花ほぐれつつしろきひとひらわが掌のひらに

花言葉「待ちかぬる」とは清浄《しょうじょう》としろく吹かるる山吹寂《しず》か

咲きのこる白山吹は雨に濡れ散りてひとひら蝶の飛びたつ

家族というあたたかき言葉君逝きてわが身より消ゆ山吹一輪

カサブランカ咲きて待ちけり天の川君わたり来よ黄泉わたり来よ

帰り来しわが家の庭に姫沙羅の初花一輪われを待ちけり

梅雨晴れの美しき緑の葉に抱かれ姫沙羅の花白き菩薩か

ひと日花ひとつふたつと咲きて散る姫沙羅今日も落ちて眠るや

清らかに散りし姫沙羅両の掌に抱きて夫の仏前に置く

軒をうつ雨音しげし姫沙羅の蕾の真玉落つるなかれよ

ひそやかに白く散りけり沙羅の花、かの世の風に送られ来しか

その白き花と語らん沙羅の樹の梢仰ぎて蕾かぞうる

庭に佇ちバラの花撫ず告げられし検査結果に心いたみて

漸くに内視鏡検査終えしとき目をとじて飲む水やさしかりき

夕空に思いわずらうわが残生バラを揺らして風の過ぎゆく

われは孤りあるままゆかん先逝きし九とせを待たせしわが夫のあり

淡あわと雲ひとつなき朝空の白き残月君を拝せり

あとがき

平成六年九月、秋の彼岸に新潟市太夫浜霊苑の一画に墓処を建立いたしました。子供のない私たち夫婦だけの墓です。背後の遠景に二王子岳《にのうじだけ》、五頭《ごず》連峰、飯豊《いいで》連峰が望まれ、登山の好きだった夫に相応《ふさわ》しいと、又、生前、彼が好んで絵を描きに通った阿賀野川もその経路にあり、ここを選びました。

夫の遺骨は平成六年十月二十三日、この墓に納められました。

墓碑名は生涯芸術を愛した二人の終の住処《すみか》として芸風という意を「花風《かふう》」と刻みました。そして私たち夫婦の生命《いのち》のかたちとして初めて上梓した歌集の標題も『花風』といたしました。

その後、夫の死後九年を経た今、旧作『花風』をもとにその後の作品を加えて新しく第二の『花風』を上梓することになりました。

早いころ、馴れぬ独り居に眠れぬ夜、心のままを短歌に綴ることで自らを癒して来ました。

歌を詠むことで独りだと思っている自分をもう一人の私が温かく見つめていることに気が付きました。そして深い諦観に支えられた境地を見出せるようになったと思います。

私には生涯かわることのない一筋《ひとすじ》の箏曲の道があります。その道をひたすら精進する傍ら、目に映る庭の花を詠んだり、肌に感ずる自然を詠んだり、短歌にも楽しみを求めて、自分の道を歩み続けようと思っております。

わが家には、その花の季節には道ゆく人が足を佇めて眺める程美しい花水木がありよす。夫と慈しんだ花木です。花の紅色と白色との二本の樹でしたが、紅色の木の方は夫の死後、段々花数が減り、恰も彼のあとを追うように、とうとう枯れてしまいました。

私はそこに、今年三月、「姫沙羅」の樹を植えました。花は一日花ですが、菩薩を思わせるような神秘的な白い花です。花の落ちる時、思わず無常感を覚えます。美しく咲いているまま、がく片から花弁をぬぎ捨てて、潔く散ります。今年は二十個の花を見せて呉れました。一日にひとつ、ふたつと……咲いて散りました。私はひそかにこの沙羅の樹を「私を見送ってくれる樹」だと思っています。

いつの日か、一人逝く私が観自在菩薩の白い沙羅の花の散るように願わくは迷うことなく、夫のもとに逝きたいものと希っております。

終わりにご縁があって色々お世話になりました文芸社文化出版部　松尾光芳様、編集部　山崎謙様、厚くおん礼申し上げます。

また夫の趣味だった絵画を写真撮影して下さり、扉絵に仕上げて下さった写真家南日伸夫様、ありがとうございました。

平成十五年十二月十二日

高橋　節子

著者プロフィール

高橋 節子（たかはし せつこ）

1922年（大正11）台湾台南州嘉義市に生まれる。

1946年（昭和21）3月、終戦により両親の郷里、新潟県に引き揚げる。同年8月、高橋英和と結婚。1994年（平成6年）3月、夫死去。2003年（平成15）現在、生田流箏曲宮城会々員、日本三曲協会々員、生田流箏曲宮城社宗家直門大師範、箏曲宮城会北陸支部副支部長、箏曲宮城会新潟県地区長、箏曲宮城社・奈与竹会（昭和40年結成）を主宰、門人の育成にあたる。

歌集　花風

2003年12月15日　初版第1刷発行

著　者　高橋 節子
発行者　瓜谷 綱延
発行所　株式会社文芸社
〒160-0022　東京都新宿区新宿1－10－1
電話 03-5369-3060（編集）
03-5369-2299（販売）

印刷所　東洋経済印刷株式会社

ISBN4-8355-6699-8 C0092